UN DUENDE LLAMADO RAMÓN

A GNOME CALLED RAMON

Adela Terán Guerrero

Para realizar pedidos de este libro, contacte con:
Palibrio LLC
1663 Liberty Drive
Suite 200
Bloomington, IN 47403
Gratis desde EE. UU. al 877.407.5847
Gratis desde México al 01.800.288.2243
Gratis desde España al 900.866.949
Desde otro país al +1.812.671.9757
Fax: 01.812.355.1576
ventas@palibrio.com

ISBN: Tapa Blanda   978-1-5065-4820-3
                   Libro Electrónico   978-1-5065-4821-0

Número de Control de la Biblioteca del Congreso: 2022916120

Información de la imprenta disponible en la última página

Fecha de revisión: 09/16/2022

UN *DUENDE* LLAMADO

RAMÓN

A *GNOME* CALLED

RAMON

A TODOS LOS NIÑOS ...INCLUYENDO A NUESTRO NIÑO INTERIOR

TO ALL CHILDREN... INCLUDING OUR INNER CHILD

La primera vez que vi a Ramon, pensé que era Pancho, un señor muy chiquito que a veces venía a desherbar el jardín de nuestra casa en La Puerta, el hermoso pueblo enclavado entre montañas donde pasábamos las vacaciones escolares. Me acerqué en silencio y lo que vi me causó mucho asombro. No era Pancho. Era un señor más chiquito que yo, ¡que apenas tenía ocho años! Tenía una gran barba que casi le llegaba al suelo, un sombrero grandísimo y una bufanda de muchos colores. En sus botas pude ver los mismos planetas y el sol que había estudiado ese año en el colegio. Encima de sus hombros llevaba una capa cubierta de hojas, ramas y algunas flores.

The first time I saw Ramon I thought it was Pancho, the very small man who tended the garden at our vacation home in La Puerta. La Puerta is a beautiful little town nestled between the Andes mountains where we spend our school holidays every year. I approached him silently and what I saw amazed me, it wasn't Pancho. It was a little old man, shorter than me; I was only eight years old and not very tall at all. His long beard almost touched the ground, he had a huge hat on his head and a colorful scarf around his neck. I could also see the planets and the sun that we had just studied at school that year on his boots. A cape covered by branches, leaves and some flowers were hanging on his shoulders.

El señor hablaba con un gusanito peludo de los que teníamos prohibido tocar ya que nos daría fiebre. Digo que hablaba porque veía que movía los labios, pero realmente no escuche ninguna palabra, sólo sonidos como de alguien silbando. De repente alzó la cabeza y me miro con sus enormes ojos. Yo me asusté mucho, y cuando me asusto, sin darme cuenta, grito. Creo que él también se asustó porque desapareció.

He was talking to a caterpillar which we were forbidden to touch as it could cause a fever. I say he was talking because I saw his lips moving, but I couldn't hear any words, merely a sound as if someone was whistling. All of a sudden he raised his head and looked at me with his enormous eyes. I was very scared and screamed loudly as I always do. I think he also got scared because he immediately vanished.

Corrí hacia el interior de la casa, pero recordé que era la hora de la siesta y no podía molestar a mis padres, así que decidí caminar hacia la montaña de enfrente, donde vivía la tía Leonor. Me encantaba subir hasta su casa. Estaba llena de plantas, cestas con frutas y verduras de su huerto; arcos y flechas de los indios del Amazonas y en una mesa especial, Ninfa la calavera. En el patio había muchos árboles y un pequeño riachuelo donde hacíamos *pocitos*. Tenía varios perros, entre ellos Romina una chihuahua de mal carácter y Bambi-mi favorito- un hermoso collie. Por él aprendí a no hacerle preguntas impertinentes a mi tía, pero eso es otra historia. Me interesaba mucho su opinión sobre el señor tan extraño con el que me encontré en nuestro jardín.

I ran inside the house, but remembered it was *siesta* time and I was not allowed to bother my parents. Instead I decided to walk up the hill right in front of our place where our aunt Leonor lived. I loved climbing to her house, it was full of different trees and plants as well as baskets full of fruit and vegetables from her garden. Aunt Leonor was vegetarian and tended her garden well. She had bows and arrows from the Amazonian Indians and on a special table a skull called Ninfa; there was also a creek crossing the backyard where we used to make *pocitos*. My aunt had two dogs, Romina, a bad-tempered Chihuahua and Bambi-my favorite, a beautiful collie. Because of Bambi I learned not to ask impertinent questions, but that is a different story.

Estaba en su hamaca, leyendo, y aunque Bambi ya le había anunciado mi llegada, no levantó los ojos del libro hasta que la saludé con un "Bendición tía". Luego del respectivo "Dios te bendiga, ¿qué te trae por aquí?", comencé a contarle sobre el señor del jardín, tan rápido, que me quedé sin aliento.

My Aunt was reading in her *hamaca and even* though Bambi had already announced my presence, she didn't stop reading until I greeted her with a *'bendición tía'*. She replied "God bless you, what are you doing here?". I started telling her everything about the *señor* I had met in our garden and spoke so fast that I could hardly breathe.

Ella, con toda su parsimonia, se levantó de la hamaca y fue al interior de la casa sin decir ni una palabra. Pensé que no le había interesado mi historia o que simplemente no me creía. Ya estaba resuelta a regresar a mi casa, cuando me llamó y pidió que me acercara a la mesa del comedor, donde tenía abierto un enorme libro. Nos sentamos, y, señalando un dibujo, me preguntó que si ese era el señor que había visto. Mis ojos se abrieron como dos platos y saltando de alegría -yo salto cuando estoy muy alegre-, le dije que sí, que era igualito, solo que el otro tenía la barba rojiza y no blanca como el del dibujo.

She got up from the *hamaca* slowly and walked inside the house without saying a word. I thought she might not be interested in my story or didn't believe it. Then just as I was about to return home my aunt called me and asked me to go into the dining room. On the table was an enormous book that was wide open. We sat down together and pointed to a drawing she asked me if that was the *señor* I had seen. I opened my eyes big and started jumping- I jump when I was very happy and said Yes! The drawing was the same, the only difference was the beard. The one in the book had white beard and the *señor had a red one*.

Me dijo que era un Momoy, duende protector de la Naturaleza y guardián de ríos y lagunas de las montañas andinas. También me contó que tenían mal carácter: que, si alguien arrojaba basura al agua o dañaba alguna planta o animalito, se encolerizaban tanto que hacían llover rocas de hielo o les pegaban con su cinturón invisible.

Pasé el siguiente día sentada en el jardín. Ni siquiera quise ir a volar volantines con mis hermanos y amigos. Pero el Momoy no apareció por ningún lado.

She told me he was a *momoy*, a gnome who protects Nature especially rivers and lakes in the Andean mountains. She also said that these guardians of flora and fauna had bad tempers. If someone threw garbage into the waters or did any harm to an animal or plant they would send them a rain of rocks or hit them with their invisible belt.

I spent the following day waiting for him in the garden. I didn't want to play or fly kites with my siblings and friends, but the *momoy* didn't show up.

Mi mamá creía que estaba enferma porque no quería jugar y esa quietud era inusual en mí. Hasta me tomó la temperatura cuando nos acostamos a dormir. Así pasaron varios días, llegué a pensar que había imaginado todo. Una noche, cuando me levanté para el baño, escuché un ruido que venía de afuera. Cuidadosamente me encaramé en el lavamanos para mirar por la pequeña ventana que daba al patio trasero y pude ver al Momoy conversando con unas margaritas que mi mamá había plantado justo debajo de la ventanita del baño. Esta vez no grité. Me quedé muy calladita y pude entender cómo les decía a las flores que no se preocuparan, que él iba a hablar con los bachacos para que no la molestaran más.

My mom thought I was sick because I was too quiet, she even took my temperature before I went to bed. Days passed by and I thought I might have imagined everything, but one night while I was brushing my teeth before bed, I heard a noise coming from outside. I climbed onto the sink very carefully to look through the small window and I saw the *momoy* talking to some daisies that Mom had planted the previous summer. I stayed very quiet and was able to understand what he was telling the flowers. "Don't worry, he said, I'm going to talk to the *bachacos* and they won't bother you anymore."

Me fui de puntillas hacia la puerta que daba al jardín de atrás. Cuando logré abrirla, procurando no hacer ruido para no despertar a mis padres, me acerqué al Momoy. Estaba tan entretenido que no se dio cuenta de mi presencia -eso creía yo-. La luz de la luna se reflejaba en todo su atuendo, haciendo que los planetas y el sol de sus botas brillaran aún más. Un leve resplandor azul se desprendía de la punta de un palo largo que tenía en la mano, muy parecido al que usaba mi papá cuando salía a caminar a la montaña. De repente se volvió hacia mí, pero no me asusté. Sus ojos me miraron con mucha ternura. Le pregunté su nombre y al instante me di cuenta de que los sonidos de las palabras que dije eran diferentes, como música, pero de alguna manera yo los entendía. Decidí llamarlo Ramón porque así me sonó cuando me lo dijo en su lenguaje. Ramón Momoy porque debía tener un apellido, claro.

I tiptoed to the back door, trying not to wake my parents and I got very close to momoy. He was so focused on talking to the daisies that he didn't notice I was there – or that's what I thought. Moonlight reflected on him, making the planets and sun on his boots brighter. A slight blue glow came from the point of a long stick he was holding. He turned quickly and looked directly into my eyes in a very tender way. I asked his name and immediately realized my words sounded like music. The incredible thing was that I also understood everything he was telling me. When he said his name in his language, it sounded like Ramon. I decided to call him Ramon Momoy, he has to have a last name of course.

Me contó que vivía cerca y lejos. Que viajaba con su palo viajero, que era muy distinto a las escobas de las brujas. Había viajado a La Puerta porque algunos turistas estaban causando mucho daño al río y también podían provocar incendios en las montañas. Al preguntarle porqué yo entendía su idioma, me respondió que todos los niños podían entenderlo, pero que cuando les contaban a sus padres, no les creían y algunas veces los castigaban por decir mentiras.

He lived near and far, and his travelling stick – totally different from a witch's broom – took him everywhere he wanted to go. Apparently he was in La Puerta because of some tourists that were causing a lot of damage to the river and the surrounding forest. They could also start a fire. I asked him why I could understand his language and he told me all kids could but adults thought they were lying, so they stopped believing and forgot all about it.

De repente, la luz azul de su palo viajero comenzó a titilar y a brillar con más intensidad. Acercó su oído a la punta y dijo: "Me tengo que ir, hay unos muchachos haciendo una hoguera cerca del río y arrojando basura. Voy a darles un buen susto". Y agarrando su palo viajero salió disparado como un volador de esos que lanzan en el pueblo durante las fiestas patronales, pero sin hacer ruido. Me quedé un buen rato mirando la estela de colores que se iba desvaneciendo en el cielo. Y tan entretenida estaba, que no me di cuenta de que mi papá estaba alumbrándome con su linterna. "¿Qué haces aquí a estas horas?" me dijo con voz temblorosa..." Tu mamá está muy preocupada buscándote".

All of a sudden a blue light on his travelling stick started blinking, he put his ear close to it and said: "I've got to go, there is a group of boys making a bonfire and throwing garbage into the river. I´m going to teach them a lesson." Holding his stick with both hands he went up to the sky like a firework, similar to the ones they use during the *Fiestas Patronales* in town but there was no sound. I was so distracted looking at the trail of colors in the dark sky that I didn't see my Dad pointing his lantern at me. "What are you doing here so late? Your mom is very worried."

Al siguiente día, después de cumplir con el castigo, pude salir de nuevo al patio a jugar con mis hermanos. Me dolía la mano de tanto que escribí "No debo decir mentiras" y "Debo obedecer a mis padres". Lo primero que hice fue ir a ver a las margaritas: estaban bien, no había rastros de bachacos.

A la hora de la siesta, me quedé, muy tranquilita jugando en el jardín y esperando a Ramón. Pero no apareció ese día ni los siguientes quince. Se nos estaban terminando las vacaciones y temía no volver a verlo, pues pronto regresaríamos a Valera a comenzar el nuevo año escolar.

Un día estaba jugando con Bambi en las cercanías de la casa de mi tía y un resplandor repentino me hizo mirar hacia el árbol de durazno que estaba totalmente florecido. ¡Era Ramón! Estaba encaramado en la parte más alta y me hacía señas para que me acercara. Extrañamente Bambi no ladró, al contrario, ¡parecía feliz de verlo, ¡y yo también!

The following day, after I finished writing "I must not tell lies" and "I must obey my parents" many times, I was allowed to go out. First thing I did was to check the daisies, they were fine, no *bachacos around*.

I spent the *siesta* time waiting for Ramon in the garden but he didn't show up that day. Not that day or the following fifteen either. I was afraid I wouldn't see him again especially as school holidays were almost over.

Then one day when I was playing with Bambi around my aunt's house, something shining caught my attention in the blooming apricot tree. It was Ramon! He was at the very top of the tree. Bambi didn't bark at all, he was very happy just like me.

Usando su capa como un paracaídas, se lanzó desde la punta del árbol y nos saludó haciendo una reverencia. Yo hice lo mismo, pero sin agachar la cabeza, tal como lo hacían las princesas en las películas. Me dijo que ya había resuelto lo de los muchachos del río, que les había dado tal susto, que no lo volverían a hacer.

Using his cape as a parachute he came down the tree bowing, I did the same, as if a real princess. He told me about the boys who were harming the fragile ecosystem around the Momboy river. They had been so scared when he threw rocks and hit them with his invisible belt that they wouldn't do it again.

También me dijo que tenía que irse a su casa en Boconó. Allá vivía con su familia, cerca de la laguna de Los Cedros. Quise hacerle mil preguntas, pero en ese momento mi tía llamó a Bambi, y lo único que se me ocurrió fue pedirle que no se marchara sin antes conocerla, que ella sí creía en los Momoyes y hasta tenía un libro con sus dibujos. Sonriendo, me contó que se conocían desde hacía muchos años. Hasta viajaron juntos a La Gran Sabana. Y como si hubiese leído mis pensamientos, me dijo: "No te pongas triste. Eres una niña buena que ama la Naturaleza. Sigue los consejos de tu tía Leonor, y pronto nos volveremos a ver. Y, dando un golpecito a su palo viajero, se fue hacia las nubes dejando una estela de colores.

Ramon also said he had to return to his home in Bocono where he lived with his family around Los Cedros *lake*. I wanted to ask him so many questions but I just begged him to stay a little bit longer to meet my Aunt. He smiled and told me they were old friends and had been together in La Gran Sabana many times. He looked into my eyes and as if he read my thoughts he said " Don´t be sad, you´re a good girl, you love nature. Follow *doña Leo's advice* and we will see each other soon". Hitting the ground with his travelling stick he went up to the clouds leaving a colorful trail.

FIN

¡Hey! Este no es el final de la historia.

Ramón y yo nos reencontramos varios años después

The End

Hey, this is not the real end.

I met Ramon again after many years passed by.

AGRADECIMIENTOS
ACKNOWLEDGEMENTS

Al Espíritu de Dios que mora en mí.
To the Holy Spirit that dwells in me.

Infinitas gracias a Marina Guerrero de Terán, la mejor cuentacuentos de la familia. Te amamos mamá.
Infinite thanks to Marina Guerrero de Teran, the best story teller of the family. We love you Mom.

A mi esposo, hijos y nietos. Gracias por ser la razón de mi vida.
To my husband, children and grandchildren. Thanks for being my driving force

A mi querida prima Meira Viloria por acompañarme y ayudarme en este primer viaje.
To my dear cousin Meira Viloria for your company and help in this journey.

A Ángela Feijo mi corazón agradecido por ser la vela que impulsó mi navegación en estas aguas literarias.
To Angela Feijo my gratitude for setting the sail that made possible my navigation in the literary waters

A Gustavo Bencomo mil gracias por su excelente trabajo en la ilustración de este libro.
To Gustavo Bencomo for his excelente art work .

A Jackeline Griggs por su valiosa colaboración en la traducción al inglés .
To Jackeline Griggs my gratitude for her invaluable help in the translation to English.

A mi maravillosa Tribu Salvaje.
To my wonderful Wild Tribe.

Printed in the United States
by Baker & Taylor Publisher Services